www.united-pc.eu

Marie Resch

Die Schichtarbeiterin
Durchlässige Briefe

Briefroman

Inhaltsverzeichnis

Prolog

Die, die angekommen sind
finden sich selten unter den Menschen meines Herzens.

Die, die mein Herz erreichen
stellen sich dem Leben jeden Tag aufs Neue
und das

ganz.

An ihrer Seite
fühle ich das Leben pulsieren
vernehme ich das Atmen der Welt
höre ich eine Sprache die ohne Worte auskommt.

Ungeglättet
mit dem Lebensstrom verwoben
ziehen sie mich in ihren Bann.

Man sieht ihnen an, dass sie am Weg sind.

Bekenntnis der Schichtarbeiterin

Lebenswahl

Maj!!!

Ich kann nicht verstehen, warum ich ewig in diesen alt-
bekannten Gassen herumirre! Da bemüht man sich endlich Neues zu erleben und das Alte abzustreifen, und dann
erkenne ich doch letztlich wieder nur, dass ich immer noch
in der alten Schleife hänge... es muss an diesem achtunddreißigsten Jahr liegen in dem ich herumirre: da besteht
ja schon die Zahl als nichts außer Schleifen und Rundun-
gen. Und damit meine ich nicht nur jene an Po, Bauch und
Bein.

Aufgebracht, wieder einmal,
Britt

Liebe Britt,

...das Leben ist immer größer als wir selbst. Größer noch als wir es zu fassen vermögen und uns meist Schritte voraus.

Woran ich es merke?
Der Sinn eines Ereignisses wird immer nachgereicht und langsam wird erkennbar, dass sich selbst das endlich wandelte, was ich als unliebsamen Dauergast beinahe schon akzeptiert hätte.

Bewegt sich doch immer alles weiter, auch wenn wir gerade daran verzweifeln, dass alles stillzustehen scheint.
Fast unbemerkt. Heimlich gar.

Hasst Du mich jetzt für diese Antwort?
Deine Maj

Hallo Maj,

jaaa, ich bin's, heute weniger aufgebracht und ja, manchmal gehst Du mir mit dieser lyrischen Stimme gehörig auf den Wecker, aber schließlich hängst Du ja trotz allem mit mir da drin...

weißt Du was ich letztens festgestellt habe?

Es gibt Menschen, die investieren rechtzeitig in Pensionsvorsorge. Gleichen Lebensuntiefen abwechselnd mit Yogapraxis und frühmorgendlichem Joggen aus. Stoppen das Rauchen und übermäßigen Alkoholkonsum, essen nach mindestens „fünf Elementenrichtlinien". Oder verfangen sich erst gar nicht in diesen Lebensfängen. Meinst Du *die* sind beneidenswert? Meinst Du ich sollte *denen* nacheifern?

Diesen Umzug in neue Lebensgewohnheiten habe ich nicht verpasst. Weil zumindest ich nicht einmal erahnte wo er überhaupt stattfand. Wann er vollzogen werden sollte, darüber herrscht ohnehin ein widersprüchliches Meinungsbild. Oder kannst Du den Zeitpunkt nennen? *(Na ja, wahrscheinlich hab ich ihn ja auch nur wegen Hypersensibilität oder Wahrnehmungs-Dunkelbrille bis heute nicht erkannt!)*

Jedenfalls galt mein Investment immerhin dem Konto von Giorgio Armani, in Form von großen, dunklen Brillen, als gesundheitsbewusste und ästhetische Vorsorge um die Schatten unserer gelebten Nächte vor den Blicken der Menschheit zu schützen. Mich selbst vor den mahnenden Blicken zu schützen. Der Ignoranz der umgebenden Welt neben Stirn auch „brillige" Angriffsfläche zu bieten. *Und weißt Du was?*

Dieser facettenreiche Zugewinn an Luxusgut verführt mich nicht nur zu schwärmendem Nachtleben, sondern lässt mich Geschichten durchwandern die mich selbst im Alter noch reich fühlen lassen werden: reich an Erlebnissen.

Erhaben über die weltliche Vernunft, selbstschädigenden Maßnahmen wie Pizza, Rauchen, Trinken und Nächten – in denen ich so manchen Morgen neu erblauen sah – abzuschwören. Gelungen. Oder?

Britt,
...Deinen Beitrag könnten wir einer Versicherungsgesellschaft verkaufen unter dem Motto:

Investieren Sie in Ihre Zukunft bei uns, es sei denn Giorgio Armani kann Ihnen eine befriedigende Antwort darauf geben, was er mit Altersvorsorge zu tun hat!

Maj
PS: Ich sehe die Morgen auch gerne blauen, so kurz vor der ersten Straßenbahn.

Für Dich, zur Erinnerung, Maj,

Mit siebenunddreißig stand da dieses Haus am Meer –

am Ende oder ·
vielleicht am Anfang der Welt.
Wer weiß das schon.
Vermutlich ist es ohnehin dasselbe.

*(Verführt hast Du mich damals, und ich weiß noch, wie lange
ich brauchte um mich davon zu erholen und um wieder Land
zu gewinnen unter den Füßen für dieses Leben HIER; hast
Du je wissen wollen ob ich sie Dir überhaupt schon verziehen
habe, diese Deine Art von Exkursen?)*

Jedenfalls steht dort,
wohin ich denke,
zwei von uns es suchten,
eine von uns es fand, *(das warst natürlich wieder Du!)*
ein Haus am Meer, als Anfang eines Schrittes zu mehr
(hast Du mir jedenfalls versprochen!).

Es steht dort für unsere Lebensintensivierung – *(meintest
Du!)* auf allen Ebenen. Für Aufbruch in neue Gefühls-
dimensionen.
Echten. Hohen. Tiefen.
Weiblichen.
Meinen. Unseren.

Und wo sind die jetzt abgeblieben?
Und was war der Grund noch mal für diese Suche damals?

Fragt sich, Britt (wieder aus dem Tritt)

...das nannten wir Lebenswahl, Britt:

Die
Das Eigene
Ein Leben lang finden wollen

Ohne die Suche zur Obsession
werden zu lassen.
M.

Die *perfekte* Alles

Der lieben Maj,

so so, LEBENSWAHL, und Du meinst wir können einfach so wählen und so tun als wäre alles möglich, denkbar und lebbar und erschaffbar? Nun, ich werde Dir mal sagen, was ich schon wieder beobachte, aus den Winkeln meiner dunklen Armanis, und wenn das nun mit Argwohn rüber kommt, sei Dir gewiss, so ist's auch gemeint.

Zu befremdlicher Erleichterung führte das Ergebnis meiner Forschungszirkel nach den wahren Anstrengungen der perfekten Alles. Denjenigen neben uns (oder gehörst Du auch dazu?), die scheinbar alles was die perfekte Frau zu bringen hat, mühelos und unangestrengt – von magischer Hand geführt –, erledigen und erreichen. Nach wochenlangem Beobachten aus den Blickwinkeln meiner Armanibrillen stand das Ergebnis – unter Berücksichtigung einer genügend großen Stichprobe von n = sieben fest: sie bluffen. Alle sieben.

Und nur die Unbebrillten unter uns glauben immer noch, dass andere sich nicht abplacken bis zum Anschlag um: gut gelaunt, bildschön, erfolgreich im Job und im Kreis einer friedlich spielenden Kinderschar in stilvoll eingerichteten UND aufgeräumten Wohnungen zu sitzen und sich bei Spontanbesuchen eben mal nur ganz zufällig ein Teil umgeworfen haben und dabei doch aussehen wie aus der Frühjahrs Vogue 2005!

Während wir anderen zwei Stunden brauchen um vernünftig gekleidet und maskiert das Haus zu verlassen, in halb eingerichteten improvisierten Wohnungen leben, die wir uns leisten können weil wir Jobs haben, die sehr anstrengend sind, uns keinen Spaß machen und kein richtiges Geld bringen.

Und kommen wir dann hundeelend nach Hause ist der Kühlschrank leer, kein Mann da und für Kinder wird es langsam auch zu spät. Auch wird es langsam kritisch um über eine neue Berufswahl nachzudenken weil uns ja der Markt glauben macht, dass mit vierzig ohnehin schon jede Weiche gestellt sein muss. Dazu kommt noch, dass – wenn wir überhaupt noch auf Männer treffen – diese noch rascher das Weite suchen sobald die erfahren, dass wir nicht schon vor ihrer Zeit zu Müttern gekürt wurden und uns auch der aktuelle Job keine Begeisterungsstürme entlockt.

Da sind sie dann sehr schnell weg. Denn aus ihrer Sicht kann das nur eines bedeuten: wir wollen ihnen im Rekordtempo ein Kind anhängen (ganz sicher übrigens!), damit wir erstens endlich unsere weibliche Erfüllung finden und zweitens endlich der wahren Berufung folgen können wenn schon der Beruf selbst nicht enthusiastisch stimmt.

Wie falsch kann man eigentlich liegen? Hat das schon jemand erforscht? Ja, und genügt sich denn ein Paar nicht selbst und ist es nicht auch ohne Kinder schon schwierig genug eine glückliche Beziehung zu leben?

Auch ohne statistisches Ergebnis wage ich mich zur Aussage, dass diese Männer bis dato wohl keine weiblichen Frauen getroffen, die doch tatsächlich selbstbestimmt bleiben wollen, die sich auch noch die Freiheit herausnehmen, close to forty über andere Wege einer Lust- und Talententfaltung nachzudenken.

Punkt. Und Britt.

(PS: außerdem vermute ich, dass wir, die Kinderlosen, vielleicht sogar die besseren Frauen sind. Zumindest solange bis auch wir Drillinge ausgetragen haben!)

Sommer, Samstag, Sonntag

Nein, Britt,

es ist nicht Argwohn den ich spüre, es sind Anflüge von Resignation, weil Du meinst, Du bewährst Dich nicht gut genug, jeden Tag auf diesem Parkett Deines Catwalks, der sich Business nennt und der Dich glauben macht, er sei das Leben...

Maj

Du täuscht Dich Maj,
ich spreche nicht nur von Business, Bestehen und Bluffen...ich nehm' jetzt nur mal den letzten Sommer her, nein er verdient nicht mal den Namen Sommer, ich nenne ihn schlichtweg die Misere...

Der Sommer meines siebenunddreißigsten Jahres war ein stiller Betrachter meines Daseins. Na, so gut es mir eben möglich war: da zu sein oder anders gesagt beim Sommern dabei zu sein. In jenem Sommer nämlich, in dem alle Großstädte Europas – diejenigen zumindest die was auf sich hielten – an allen möglichen und unmöglichen Gestaden, Berge und Dünen von Sand vor sich hin schütteten um eben eine höchstmögliche Strand- und Urlaubsstimmung zu verkünden.

Dies sogar just noch an jenem lauschigen Fleckerl des Donaukanals, das wir Ende Mai noch voller Hoffnung „little griechisches Sikinos-Island" tauften, weil man von diesem Platz, in aller Ruhe die Gedanken in den besten Sonnenuntergang der Stadt laufen lassen konnte. Bald war es dann dort mit der Ruhe vorbei, weil sich nach Eröffnung des originell betitelten Herrmannstrandes pro Abend zigtausende

Sommeranten tummelten, die sich bei Reggaemusik und bei barfüßigem Sandgraben und stundenlangem Container-kloanstellen der Illusion hingaben, in der Sommerfrische eines Wien-Lignano aufzutanken.

Nur gut, dass es uns rechtzeitig bei Sommerbeginn noch gelungen war, die bunte Flotte von Papierschiffen vom Stapel zu lassen, die Du dann Mitte Juli auf der Insel Telendos in der Ägäis wieder begrüßen durftest. *Zumindest die Hilfs-materialien unserer Sehnsüchte und Wünsche kommen irgend-wo an!*

Das deutete ich für ein gutes Zeichen, dass alles Tun und Hoffen um den Sommer seine Wirkung entfalten wird. Eine Realahnung – in der ich mich im Frühsommer schon recht sicher wog, war die – dass ich, von mindestens drei Affären gestärkt, in den Herbst ziehen werde. Soweit ich mich aber erinnern kann, hatte ich von Ende Juni bis zum Ende des Dezembers keinen einzigen Anflug von auch nur irgend interpretierbarer Kontaktität zum männlichen Geschlecht. *(Sollte jemand der mich kennt eine andere Wahr-nehmung haben, freue ich mich über allfällige Ergänzungs-vorschläge!)*

Jedenfalls wurden Ende August – sehr generös wie ich meine – die drei zarten Pflänzchen männlichen Interesses an mir, die bereits von Mitte April bis Ende Mai gesät wurden, und die dann spätestens an meiner rauen Junipersönlichkeit eingingen – als meine Sommeraffärchen tituliert. (Ehrlicher-weise hatte das weniger mit Generosität zu tun, als vielmehr damit, mir selbst des Morgens noch beim Wimperntuschen ins Auge sehen zu können. Und natürlich wegen der Optik der Sommerstatistik!)

Denn wozu wartet man dann eigentlich das ganze übrige Jahr bitte auf den sinnlichen Sommer, wenn es niemanden gibt, der einen Blick auf die eigene Sinnlichkeit wirft? Na gut, ich gebe es zu, ich hatte drei! Telefongespräche nach Griechenland. Dort interessierte sich zumindest jemand dafür meine Stimme zu hören. Und nein, es war nicht Telefonsex!

Das war jetzt aber kein Piep von Business oder?
Eine Haltungsänderung Deinerseits wär' jetzt tröstlich!
Also lass' Dich herab, Frau Maj!
Britt

...Lass es mich mal so beantworten:
Britt und die Jahreszeiten

Der Winter hielt bis in den Sommer an.

War ein Frühling dazwischen
wurde er als blasse Wehmut empfunden.

Der Sommer weckte eine große Sehnsucht
und als er ging
nahm er sie nicht mit fort.

Immer mit Dir,
nie gegen Dich, Maj

Die gute Maj,

kommt natürlich gleich mit den Jahreszeiten an. Nun mal langsam mit den jungen Pferden, was machst Du denn so in den Wochen zwischen den Jahreszeiten? An bestimmten Wochentagen, so zum Beispiel an den singlefreundlichen Samstagen oder Sonntagen? Mhm?

Gut, ich erahne Deine Antwort. Also, ich lüfte mein Samstagstreiben (und erwarte Deine Ironie), und Du erzählst mir verdammt noch mal was Du an diesen familienglückverseuchten Sonntagen tust! Wollte immer schon mal wissen was Menschen an Sonntagen tun, die sich nicht ihren Rausch vom Samstag auskurieren müssen!

Ich wandle oft allein durch mehr als mitternächtliche Samstage, während die halbe Welt ihre Zeit auf Partys und in Amusements zubringt. Was die andere Hälfte tut, blieb mir bislang immer verborgen. Zumindest traf ich diese auch noch nie auf meinen nächtlichen wochenendlich wiederkehrenden Streifzügen.

Traf ich mich doch immer selbst in diesen Nächten, die – frei von Arbeitsschritten – Schleusen für andere Schrittfolgen eröffneten. Für all das, was so wenig nach Sinn anmutet. Dass die Sinnhaftigkeit eventuell auch mal nachgereicht wird – wie Du immer behauptest – gibt mir noch Hoffnung.

Shit on – ist ein Zitat, das ich gerne in diesen Momenten vor mich hinspreche – dorthin wo es niemand hören kann. Dabei eine Flasche entkorken um etwas anderes zu zustoppeln. Diese Nächte – oft Prosecco getränkt. Ein Getränk das genau genommen gar nicht zu mir passt, wie ich finde. Es blieb nur an mir haften, als Relikt einer Zeit in der ich etwas fand wonach ich nie gesucht hatte: verehrte und geliebte Wahltochter einer Familie der vielzitierten besseren Gesellschaft zu sein.

Eines Herbsttages kickte man mich dann wieder hinaus aus dieser quasi heilen Welt in der ich selbst, die unheilvoll Suchende, doch das einzige Heil blieb. Der verheiratete Freund dieser Familie verliebte sich in mich. Und ich mich in ihn. Das rechtfertigte meinen Rausschmiss. Zumindest für sie.

Aber der Prosecco blieb als prickelndes Etwas um durch Nächte wie diese zu kommen. Nächte in denen die Suche zur Sucht nach dem ohnehin nie zu beantwortenden WOZU wird. In einer Stadt die mir zugleich Heimat ist und doch die große Sehnsucht nährt.

Sehnsuchtssorgen können schwimmen –
warum trinke ich trotzdem?

Das Heil in Nächten wie diesen kann dann manchmal nur noch darin liegen, um einuhrsiebzehn eine Schachtel Camel, Code neunzehn, aus einem Automaten zu tippen. In Nachthemd und Jeans ausgerückt, den Reisepass neben Kleingeld – zur Sicherheit in der rechten Gesäßtasche – mit dem hoffnungsfrohen Gedanken, es könnte ein Zigarettenholen werden, das zwanzig Jahre und viele Abenteuer währt.

Bis heute kam ich immer wieder zurück. Unentdeckt. Nicht mal als Haubenmodell erkannt. Und in meinen Jeans. Zumindest in diesen. Sind sie doch kleidungstechnisch betrachtet mein Grundnahrungsmittel. Was sich übrigens gut trifft, denn die sind Business verpönt!

B. und nun die Frage: Dein Sonntag?
Meinen kannst Du Dir ja denken!

Meiner Britt,
ein Einblick in meine Sonntagsrubriken

Sonntage scheint es zuhauf zu geben. Manchmal wollen die nicht einmal enden und lassen mich nicht einschlafen. Sind dermaßen penetrant, dass sie erst in den Morgenstunden des Montags enden, wodurch der Schwung, mit dem angeblich in die neue Woche gestartet werden soll, erheblich gebremst wird.

Früher konnte ich Sonntage nicht leiden. Bevorzugt an Sonntagen treiben die Menschen wie Quallen durch den Tag. Heute mag ich sie ein bisschen lieber. Nein, nicht die Sonntagsmenschen. Die Sonntage selbst. Seit wir aufgebrochen sind um sie endlosen Spaziergängen zu widmen, um erhobenen Hauptes in der Prater Hauptallee zu schreiten, dabei die vergangene Woche analysieren, sie lautstark bewettern, sie schallend belachen oder leise beweinen – eventuell uns auch eines Samstagkaters entledigen *(ja, Du liest richtig!)* – aber jedenfalls immer mutig uns wappnen um fantastisch visionierend in eine neue Woche aufzubrechen.

Wir werden so *viele*, wenn wir uns aufmachen, dem Leben Vielschichtigkeit zu geben und es um Neues zu bereichern. Den unausweichlichen Abschied – der damit immer einhergeht – mitzukalkulieren, lernen wir nebenbei schmerzlich mit.

Doch stärker als der Schmerz um Zurückbleibendes ist die Sehnsucht nach etwas anderem als Mittelmäßigkeit! Ungemessen an Reichtum und Wohlstand. Der Wille nach dem Durchdringen der vielen Schichten, die uns von unserem

Selbst trennen. Die uns am Leben hindern und des Gefühls versichern im eigenen Leben im Probedurchgang zu stecken.

Sehnsucht nach Echtem, nach Wesentlichem, manchmal wird es die große Feier, manchmal führt es in wesentliche Einsamkeit. Dazu lebt in mir besonders intensiv eine bildhafte Erinnerung: Mitte der Neunziger und ich Mitte zwanzig, war ich im Spätseptember allein unterwegs auf niederländischen endlosen Stränden. Umgeben von den ewigen Gezeiten, wandernd in einer scheinbaren Endlosigkeit, als könnte man Einlande überwinden und bis zum Nordkap gehen. Keine Grenzen wohin ich auch blickte. Ankommen im irgendwo. Überwältigende Lebensdosis. In Form eines kleinen Glas Heinecken, in Form von gesammeltem Strandgut, in Form von real gewordenem Lebenstraum. Schon damals dämmerte mir: auch wenn er eines Tages platzt – der Traum – bleibt doch die Hauptsache, ihm näher gerückt zu sein.

Also werden wir – mit dunklen großen Brillen ins Gesicht gesetzt, damit die Ignoranz der umgebenden Welt nicht allzu sehr blendet, – Schicht für Schicht durchwirken und noch viele Strände und Alleen entdecken. Wobei niemand weiß, wohin Wege wirklich führen. Bis jetzt sind wir nach jeder Alleerunde wieder in einen Montag zurückgekehrt.

Eines Montags wird es anders sein,

wünscht sich, Maj

Narzissten und Borderliner

Liebe Maj,

weißt Du eigentlich was es damit auf sich hat, dass ich permanent mit Narzissten auf die Reise gehe?

Versuche, immer wieder endgültig, von Holland Abschied zu nehmen und mich freier und ausgelassener für Flirts und Affären neuer Art bereit zu halten, mündeten bislang immer in die tückischen Häfen von Narzissten. Einer davon hätte ein Relaunch in Form eines Landsmanns werden können. Ich bin schlussendlich nicht auf dieses Boot gegangen. Er hat nur eine Erinnerung getüncht. Vorerst. „Männer tünchen" als eine Version mit Liebeskummer fertig zu werden. In der Bedeutung, sich bietende Männer dazu zu benutzen um einen anderen vergessen zu können. Erlaubt ist dies, zumindest nach ägäischem Recht. Und sich an dieser Rechtslage zu orientieren wird überlebenstechnisch gesehen von Jahr zu Jahr wertvoller. *Sagst Du zumindest immer wieder!*

In der gemeinten Reiseeinlage auf der Suche nach echter weiblich-männlicher Bezogenheit war ich es, die zum ersten Mal kalt-warm als Beziehungsstärkung einsetzte, weil, das wissen wir hinlänglich aus leidvollem hauseigenem Herzensschmerz, diese Taktik funktionierte bei uns selbst immer und am nachhaltigsten *(ein Imperium schlägt zurück)*.

Du, und dennoch ich bin fast verblutet!
B.

Liebe Britt,

aber soweit ich weiß, warst Du es, die eines frühen Junimorgens, bei hysterischem Vogelgezwitscher aus einem „Vordorf" unseres Wiens floh – zumindest bist Du dieses Mal weder Athen noch Amsterdam angeflogen *(was für ein Fortschritt!)* und hast Dich dem Taxler als „Notfall" verkauft, weil Du nicht mehr als fünfundzwanzig Euro mithattest, und dieser Quasi-Liebhaber auch noch kleinlich war. Das Essen, das Dir anstelle der Taxirechnung versprochen war, wurde Dir bis heute nicht angerichtet. Vielleicht bist Du ihm aber auch nur mit Deinem Abschlussstatement im späten Oktober zuvorgekommen: lassen wir es gut sein. Und darauf er: na gut, dann vergesse ich dich halt. Beinahe wäre Dir ein: vergiss' mich wenn du kannst entflohen. Schade, dass Du es Dir verkniffen hast! Vergessen hat er Dich dann ja doch nicht, da zahlreiche Kontaktaufnahmen in der Folge Dich sogar unsere Wette verlieren ließen.

Kalt allein wirkt anscheinend noch nachhaltiger: dieser Mann leidet unter höchster Lust, Dich zu sehen. Du kannst stolz auf dich sein, denn diese Schleife hättest Du um ein Haar schon verlassen, wenn er Dich wirklich vergessen hätte.

Und doch: die Zeit nimmt sich des Laufs der guten Dinge an,

hofft Maj.

Liebe Maj,

...na, in eben dieser Geschichte haben wir uns ja bewiesen, dass Interpretationen niemals der Wirklichkeit gerecht werden, oder? Anfangs war sein Ansinnen ja noch glasklar. Aber dann? Wurde dieser Mann ja immer bekannter dafür, dass er in seinen Botschaften die zweite, wesentlichere Hälfte ausließ, also jeweils der zweite Teil seiner SMS fehlte. Wohl sollte dies dazu führen, jedwede Räume zu öffnen, in denen ich dann hilflos umherirrte.

ER: denk jetzt grad an dich...
Mir beginnt das Herz zu klopfen.

Zwei Tage später
ER: denk grad wieder an Dich –
aber diesmal sind's ganz klar erotische Gedanken
Mir klopft das Herz noch höher.

ER: interessiert's dich, was so in mir vor.geht.ab.geht?
ICH: ja. *(wie naiv!)*
ER: ist aber eine männliche Antwort.
ICH: schieß los
(und dabei kenn ich diese unromantische Antwort schon - wollte mir wohl richtigerweise damit den Typen gleich selbst austreiben!)
ER: bin so was von scharf auf dich. und denke oft daran, wie...
Dazu schweige ich. Eh klar. Obwohl ich es ja schon wusste, bin ich trotzdem immer wieder zu enttäuschen.

Nächster Tag

ER: oder auch ganz anders...stundenlang reden. verstehen. lachen. sehen.

Aha. Er kann auch anders? Habe ich ihn mir immer doch noch nicht abgewöhnt?!!!

Drei Tage später

ER: bei mir kribbelts grad wieder so grenzüberschreitend...

ICH: tja, sailing close to the wind?

ER: kenn ich nicht den spruch ... bist du seglerin?

Ich angetan davon, dass ein Mann zugibt, dass er etwas nicht weiß, erkläre und bin schon wieder drin im Spiel.

Nächster Abend

ICH: kribbelts noch?

ER: wieder.

ICH: vor, an, auf oder über der grenze?

ER: über.

ICH: mhm.

ER: was soviel heißt wie?

ICH: klingt gut.

ER: 350km Sicherheitsabstand.

ICH: und was würdest du tun, wenn's nur 5 wären?

ER: mit einer flasche prosecco zu dir kommen.

ICH: schmunzel.

ER: was lässt dich schmunzeln?

ICH: wir.

ER: ich denke, der prosecco würde geschlossen bleiben.

ER: jetzt sind's nur noch 300km – und dann?

Nachbegegnung, ein halbes Jahr später

ER: So schön, dass Du da bist. Zur selben Zeit auf dieser Welt.

Ich beginne mich zu verlieben. Das Herz hört nicht mehr auf mit lautem Klopfen.

ER: du und ich auf der veiglhütte. wie adam und eva am hügel des meeres vor wien.

Ich bin verliebt. Spätestens jetzt und vor allem nach diesem Abend!

ER: was bewegt sich bei dir?

ICH: bin bewegt durch uns...wohin führt uns das?

Die Antwort blieb er mir schuldig, aber wohin es führte zeigte die Stille, die daraufhin eintrat.

Jahreswende

ER: du warst für mich das menschliche highlight dieses jahres

Wiederbegegnung, ein viertel Jahr später

ER: unser treffen hatte was ganz feines...

Ja.

ER: ist so wunder.voll dass es Dich gibt...

Ja. Scheiße. Immer noch.

ER: das leben ruft mich hinaus aufs meer – lockend. und ich steh am ufer – und da ist's so bequem...

Dabei dachten wir: er meinte unsere Romanze!!! Und dann stellt sich heraus er spricht von Arbeit und neuen Konzepten. Umso abstruser muss ihm meine Antwort erscheinen sein:

ICH: das segeln hat seine tücken, mit den sternenwanderungen kenn ich mich auch nicht so aus – aber was da ist, darf gelebt werden - und all das schreib ich Dir mit zittrigen händen...

Natürlich fragte ER nach, was meine Hände erzittern ließ... nur damals war ich noch nicht soweit! Und als ich soweit war, rang ich mich durch zu:

ICH: du hast mein herz mehr als berührt. gib mir nur noch bescheid wenn es dir ähnlich ergeht.

Er ruft an! Ich lege ein umfassendes Geständnis ab.

ER: wie verletzt muss ich sein, dass mir die liebe solche angst macht?
ICH: sehr verletzt. so spür ich's. und ist ein teil von dir. ein teil des ganzen. vielleicht ein großer aber eben „ein teil" – denn was ich auch spür sind aufrichtigkeit, größe, geist, mut und demut und echtes am leben sein.

Daraufhin vierzehn Tage Schweigen.
ICH: dein schweigen fühlt sich so an als hättest du den kontakt abgebrochen. interpretiere ich das richtig?
ER: inter pre tation...abbrechen...britt was ist passiert bei dir?
ICH: schön, dass du immer wieder einen neuen weg findest mich zu überraschen.
ER: stille ist ungleich zu abbruch...bin voll drinnen im meer: meiner arbeit...

Daraufhin vierzehn Tage Stille.
ICH: du kannst dir sicher sein, dass mir dein seelenbefinden am herzen liegt. dennoch: deine stille schmerzt mich. sehr. was mir fehlt ist, zu wissen wo du stehst, wo du längst nicht mehr bist und wohin du willst. bitte dich diese meine lücke zu schließen.
ER: wie kann dich meine stille schmerzen? britt...das hat nichts mit mir zu tun. stille heilt. stille ist alles. jeder seinen weg im glück und der bestimmtheit seines weges. un ab hängig. voll freude wenn begegnung passiert. im augenblick.

Ich rufe an. Er legt auf.

Drei Wochen später.
ER: der zeit.punkt unseres letztes telefonats war ungünstig.

Ich schweige. Schließe langsam ab. Blute weiter.

Vier Wochen später:
ER: habe gelernt dass „auf liebesgeständnis nicht antworten" kontaktabbruch folgt.
ICH:

es kam ein mai
und mit ihm raum
hoch zu fliegen
es ging ein mai und
wich schwerelosem juni.
ich wünsch dir verlust
deiner flugangst.

Endgültige Stille.

**...hättest Du mich nicht gleich vollständig davon überzeugen können, dass sich hier ein Holland II anbahnt?
B.**

Liebe Britt,

ich bin doch ein Dosenfisch der das Meer ersehnt,
wie soll ich da immer sofort erkennen, dass uns die Sehnsucht
nicht immer der beste Wegweiser ist?
Maj

Meine Maj,

glaubst Du, mit Deiner Dosenfischmentalität, dass es Men-
schen geben könnte, die das Leben fürchten und die in Panik
geraten, wenn es sie erreicht?
Britt

Ja, liebe Britt, ich meine,
es gibt sie

diese Grundierung ungestümer Lebensfreude
der wir uns manchmal aus Angst vor der Entdeckung
des bloßen Seins verwehren

weil wir ahnen,
dass ihr
mühevoll konstruierter Lebensalltag nicht standhalten kann,

wird diese Angst erhört
führt sie geradewegs zum Tontjen-Kind-Syndrom,
der panischen Vermeidung von Erfahrungen,
die das Leben in neue leidenschaftliche Farben tünchen könnten

beobachtet bei Männern und Frauen
benannt
nach einer Frau die sich in meine schöne Freundin Ella verliebte und die ihr doch die Liebe vorenthielt:
aus Angst es könnte womöglich *ein Leben sein!*
Ella kam darüber weg
und Tontje sei an dieser Stelle gedankt.
M.

Seien wir doch
realistisch –
Verlangen wir das
Unmögliche

Ernesto Che Guevara

Gute Britt,
unmöglich ist doch keine Tatsache – nur eine Meinung, das trifft vor allem auf die Liebe zu. Und überhaupt was ist aus Dir geworden? Schon vergessen unseren Schlachtruf, den wir Ernesto „Che" Guevara entlehnten? Also wieso sollten wir Dich vor einem Holland II überhaupt bewahren?
Maj, die Alte.

Maj...
sag, wo warst Du eigentlich damals, als ich mich heillos verliebt, mit voller Lebenskraft und all den bislang unerfüllten Sehnsüchten, an einem weißen griechischen Strand auf einen Menschen stürzte, der für einen Mann unerhört sensitiv ausstrahlend war und von der Optik besehen, meinem Ideal von wunderbar nordisch entsprach?

Hatte da nun endlich eine lange Misere an Liebes-Unerfüllungen ein jähes Ende gefunden? Die Götter schienen es gut mit mir zu meinen. Klar, ich war ausersehen, von einem Mann, der mit allem gesegnet schien, geliebt, gelobt und geheiratet zu werden. Ein dreifaches Halleluja. Distanzen und Sprache – kein Problem, weil ja nur die Liebe zählt. Der Himmel hing voller Geigen, die Anziehung war grenzenlos und hinein ins Vergnügen, nicht ohne noch den spirituellen Hintergrund der griechischen Inseln zu bemerken. Ich im Himmel. Und dort wollte ich auch bleiben. Trotzig und stark das Gefühl: wer sollte mich denn noch aus diesem Himmel vertreiben können? Keine Grenzen mehr in Sichtweite, alle Barrieren aufgehoben und leben, leben – lieben.

Nicht einmal besonders leise, die ersten Einbrüche: Distanznehmen des Prinzen. Näherrücken. Und dann auch wirklich näher rücken, mit Nägeln und Köpfen. Ich jubilierte!

Schön, so ein Wechselbad – hatte ich doch immer schon eine Schwäche für Kneippkuren. Vor allem weil man dabei wirklich etwas spürt. Ich hielt mich für eine Frau mit guter Prognose. Auch wenn ich vielleicht manches im Leben nicht ganz auf Anhieb für mich zum Besten hinkriege. Aber, man wird ja wohl auch noch ein bisschen Mensch sein dürfen.

Aber zurück zur Geschichte: ich traf *ihn* also, stopfte mich mit Beruhigungsmitteln voll (natürlich rein pflanzlichen! – damals nahmen wir noch pflanzliche!), schluckte blutdrucksenkende Mittel und wähnte mich dennoch in Balance. Die ich auch sehr gut nach außen hin verkaufte. Schwebte weiter auf Wolke sieben, machte mir weis, dass dies mein endlich verdienter Platz wäre. Wolke sieben also, die ja bekanntermaßen duftig, wohlig und leicht ist und ich badete dennoch im Heiß – Kaltwasserbecken. Abwechselnd.

Claudia sagt: die wirklich richtigen Dinge gehen leicht. Wie Recht sie hat. Nur Claudia traf ich erst zwei Jahre später.

So kann die Wolke sieben also auch sein; sagte ich mir. Na, vielleicht muss man einfach intensiver dranbleiben. Noch mehr einfühlen, noch besser verstehen, noch mehr Hitze und Eis verkraften – aber was soll's: sind wir doch jung und stark, haben gute Medikamente, und der Prinz ist es schließlich wert. Sieht er doch gut aus, verteilt gelungen erotische Kitzel, wunderbare Komplimente, liebt Tiere und

Kinder, liest sogar Bücher, bereitet Schaumbäder und entzündet Kerzenmeere. Hollywood was willst du mehr? Haben die etwa in den Niederlanden Anleihe genommen?

Hauptsache man ist selbst die vergötterte Diva, wenn auch nicht ganz konkurrenzlos, weil da gab es neben den Kneippbädern ja auch noch andere Diven, denen man gekonnt dann und wann ein wehmütiges Nachseufzen schenken musste! Ja, wenn da nur nicht die Vergangenheit des Niederländers gewesen wäre – die böse oder die gute – mit all den wunderbaren Stunden und Träumen die ihm letztlich verwehrt blieben. Tja, vielleicht war *sie* ja die *Eine*!

Ich nahm auch das alles hin, wurde zig mal zurückgewiesen und habe alle Möglichkeiten darauf zu reagieren in voller Bandbreite ausgeschöpft. Von totalen Nervenzusammenbrüchen, großen Briefen in mühevoll wieder erlernter englischer Sprache, dramaturgisch wertvollen Abschiedsschreiben, endlosen Telefonaten, bis hin zu grandios gespielter Leichtigkeit in der ich ihn glauben machte, mich ohnehin nicht zurückgewinnen zu können. Natürlich nicht ohne den Preis am Rande des völligen Ausgebranntseins zu wanken, mit Fieberblasen, Bauchkrämpfen, endlosem Durchfall, schlaflosen Nächten, Herzrasen, Nervosität, anginösen Zuständen und Fieberschüben. Wenn ich es mir recht überlege, so erhöhte sich die Anzahl der medizinischen Hilfskrücken, die ich brauchte um überhaupt zu funktionieren, immer mehr. Auch eine traditionelle chinesische, monatelange Dauerbehandlung war dabei. Die fraß neben den Flügen in sinnentleerte holländische Wochenenden das halbe Sparbuch auf.

Aber so ist doch das Leben oder? Was tut man nicht alles für eine wirklich gute Geschichte? Was tut man nicht alles gegen das Singlesein, in einer Zeit in der jeder erwartet, dass die Lebensbalance Topp im Job und Topp in der Familie heißen muss. Irgendwann habe ich begonnen zu glauben, dass es so sein muss, und dass ein Hinhören auf die Berufung nur das heißen kann. Wenn es doch fast alle sagen.

Der Prinz nun also, ein fescher, sensibler und so feingeistiger (wichtigster Einrichtungsgegenstand: candles), einer der sich echt bemüht und dennoch nicht vergisst zu versichern: I think I am not in love with you anymore und sich dann vier Stunden später ganz sicher ist: I love you baby. Ausgeglichen und ausgesprochen balanciert. Nicht, dass ich völlig meschugge gewesen wäre, aber ich vertrat die Ansicht, er sei am Wachsen und Werden. Diese Ansicht kann ich mir sogar verzeihen, weil ich nun mal eine Liebende war.

Da gab es diese fantastisch romantische Geschichte – bitte daraus nun etwas zu machen – da war ein Mann, der in mir die Mutter seiner Kinder sah und dennoch fühlte ich mich traurig und leerer denn je. Wie konnte das sein? Es begann doch im Himmel. Meine Augen angestrengt zusammen gekniffen vor der unromantischen Realität.

Der Spagat wurde größer und größer. Auf der einen Seite erwartetes erfolgreiches Business Consulting, auf der anderen die teilweise noch unbewusste große (Alb)Traumlovestory mit einer gewaltigen Minusbilanz. Schrumpfende Lebensqualitätsspanne. Und diese tapfer weggedacht und weggelacht. Um sie nur ja niemanden merken zu lassen, meine innere Hohlheit, die einem Bambus glich!

Und davor sollte ich nicht bewahrt werden wollen? Maj, was meinst Du, wie hoch bin ich gefährdet (Skala eins bis zehn), dass sich derartige Geschichten bis ewig wiederholen? B.

Meine Liebe,
auch das wäre vielleicht ein Leben gewesen.
Nur nicht Deines.

Der Energiefluss in die Aufrechterhaltung dieser Traum-kulisse war beträchtlich: *die Investition eines Vermögens an ungelebten Momenten und nicht erkannten anderen Chancen, dem eigenen Leben die Bühne zu gestalten, die es verdient.*

Man kann sich in Ideen verlieben. In die Idee, dass einer kommt und den ganzen Alleinseinsschmerz wegnimmt. Die Hoffnung auf Erlösung.

Männer haben in Deiner Vita immer mitgewebt, doch auch Lebenszeit blockiert. So sehr Du auch liebtest. Sie alle haben erniedrigt und erhöht. Manche haben Dich vorgeführt wie eine Trophäe. Ihre Themen waren vordergründig andere. Maskiert und niemals leicht zu durchschauen. Nicht für Dich. Sie alle versprachen Flucht aus der Gewöhnlichkeit, aus der Du meinst zu kommen. Dabei übersahst Du groß-zügig ihre eigene Gewöhnlichkeit.

Und überhaupt: was ist schon gewöhnlich!?! Ist doch alles ungewöhnlich, weil nie etwas wirklich dasselbe sein kann und es nie etwas auf Generalprobe gibt – weil doch das Leben immer das Leben ist und die Probe außerhalb des Lebens liegt. Oder nur im Theater stattfindet. Und selbst da ist jede Probe schon eine Interpretation des je eigenen Tagesstücks. Nie wiederholbar. Hast du dir je gedacht, et-was im Leben noch einmal zu wollen was du wirklich gelebt hast? Wollen wir doch schon in jeder Wiederholung noch ein bisschen intensiver oder besser werden, oder? Und dann ist es eben schon keine Wiederholung mehr. Sondern wie-der etwas Neues. Vielleicht Intensiveres. Oder das Gegen-teil. Nur niemals dasselbe.

Heute, drei Jahre später nachdem die holländische Geschichte in Griechenland begann und an vielen Sonntagen endete, sehe ich, dass Dich die Gewöhnlichkeit des Holländers auf Deinen eigenen Weg bringt. Ob es ein gewöhnlicher ist, die Frage sollte sich nicht mehr stellen. Heute sollte der Gedanke an die Individualität und Autonomie siegen, Dich mit Deinen Facetten durchs Leben zu bewegen. Mit Augen die geradeaus ins Leben blicken. Und das tun sie, Deine Augen. Manchmal nach vorne und manchmal auch zurück. Was macht's. Schleifenwanderungen sind dazu da, um sicherer zu werden. Sicherer und offener für das, was im eigenen Leben dominieren soll. Dass dies nicht gänzlich mit den Erwartungen einer Dich umgebenden Sozietät übereinstimmt, muss nicht länger Deine Sorge sein!

Meint aufrichtig Maj

PS: Gefährdungsgrad liegt in etwa bei sieben!

An*forderung*sprofile

Maj,
Gefährdungsgrad bei sieben???!!!!
Hilfe. Ich brauche Dich! Wo bist Du wenn's drauf ankommt,
meine Neurosen und Fahrräder zu sichten? So wie letzten
Samstag...

als ich, in einem Zug – mit dem bezeichnenden Namen
„Europäischer Computerführerschein" – sitzend, durch
schmutzige Fenster auf ein Altwinter – Grau starrte und in
mir die Frage würgte: was muss passieren um eine Liebe zu
überwinden? Wo die doch sogar Tage wie diese überwin-
tert??? Ist eigentlich jeder Jänner eine derartige dunkelgraue
Krise wert? Oder darf man sich vom Winter einfach nicht
zuviel erwarten?

Der Holländer ist dabei schlicht zu beneiden: erwacht jeden Tag neu in seinem Leben und blickt mit klaren blauen
Bubenaugen aus seiner Wäsche, auf die immer wieder neu
und für ihn nicht wiederzuerkennenden Schauplätze seines
Lebens. Bei mir ist das leider anders. Ich erinnere. Obwohl
ich vergebe. Und mein neues Fahrrad wäre ja eigentlich
dazu da, dieser neurotischen Klammer entfliehen zu können.

Zumindest ist es mir Anfang der neunziger Jahre immer
wieder erfolgreich gelungen meinen Panikattacken, mit
meinem alten Steyr Waffenrad, die Stirn zu bieten. Ich hatte
es immer bei mir. Selbst wenn ich mein Studentenheim-
zimmer nur fünfzig Meter verließ. Auch wenn ich es nur
mit mir mitschieben konnte. Ob es lächerlich wirkte, war
mir gleichgültig.

Zumindest war die Lächerlichkeit die ich eventuell für meine Umgebung erzeugte, im Vergleich mit den Panikgefühlen das bei weitem geringere Übel. Beim Anflug einer Attacke konnte ich nämlich zumindest aufs Rad springen, kreuz und quer durch vertraute Bezirke treten, weil die unvertrauten Straßen mich noch mehr in Panik versetzten.

Bis ich wieder irgendwo ankam und in meiner ausgedachten Sicherheit war. Damals handelte ich mir zum ersten Mal den Ruf einer Schrulle ein, weil meine Bezirkstreue – man konnte mich nur im Umkreis des achten oder neunten Bezirkes treffen – dahingehend interpretiert wurde, dass ich *„eine richtige Wienerin"* geworden war. Und diesen sagt man ja nach, dass ihre Bezirksloyalität soweit führe, dass sie sich in den Nachbarbezirken schon wie Asylanten fühlen. Fühlte ich mich ja auch. Ausgesetzt und in Unsicherheit. Aber aus ganz anderen Gründen.

Es sollte noch Jahre dauern, bis ich lernte mich tatsächlich frei zu bewegen. Das beste Genesungszeichen war vielleicht jenes, als ich dieses Fahrrad bei einem meiner siebzehn Umzüge in fünfzehn Jahren in einem Hof der verlassenden Adresse stehen und sich selbst überließ. Oder ich mir ab diesem Zeitpunkt selbst überlassen war.

Das neue Fahrrad also. Das, mit dem ich nicht fliehen kann. Vielleicht weil es aus den Niederlanden kam? Oder ist meine Anhänglichkeit an diese Liebesgeschichte eben doch nicht *nur* Neurose und somit das Fahrrad Fehlindikation und für ganz andere Dinge gut?

Britt

Liebe,
deine Anhänglichkeit an diese Geschichte ist für nichts mehr gut. Lustbarkeit ist mein Gegenvorschlag:

fliegen

lieben

bleiben

und bis wir DIESEN
im Land der fliegenden und musikalischen Erotas begegnen
sommern wir uns einfach ein!

PS: Ich denke Du bist schon runter auf fünfkommafünf!
Maj

Ja, Maj, dieses Anforderungsprofil klingt schön,
nur, woher sollen die denn kommen? Als Single lebt man
nämlich bald einsamer als geplant: Paare wollen Paare – das
erscheint ihnen einfacher...

Seufz, Britt

...aber,
haben die denn Goethes Wahlverwandtschaften nicht
gelesen?
Auszug aus Maj's Singlelogik

*...dem, liebe Maj, setze ich einen Auszug aus Britt's
Paarbeobachtung drauf:*

häufig verhalten sich Frauen ihrem männlichen Gegenüber
weibchenhaft, schutzbedürftig, bis wenig stolz. Dies wird
gerne ergänzt mit schmusiger Besitzergreifung unter dem
Motto: schaut her, das ist Meiner! *(Als ob es darauf ankäme
Einen abzubekommen!)*

Also, ich kann in diesen „miteinander Beziehungen" wenig autonomes, feminin Starkes erkennen. Sehe sie nicht,
die selbstbestimmte Frau die auch liebesfähig ist *(zumindest möchte ich die sein!)*. Sehe eher dümmliche Klammer-
äffchen. Dabei bin ich mir sicher, die sind in Wirklichkeit
„ganz anders". Dass sich das ausgeht? Oder ist das gar das
Erfolgsgeheimnis?

Dass das Leben immer mehr Fragen aufwerfen muss, als es
Antworten für uns bereithält!

Nachtm e e r pflücken

Maj,
Deine Singlelogik, lässt mich schmunzeln, hast Du auch
eine Logik für die Mysterien meiner Nächte parat?

Aufgewacht in der sogenannten Wolfsstunde zwischen drei und vier Uhr morgens, wahrscheinlich weil das Leber-Chi wieder aktiv war. Das steht ja angeblich dafür, dass man mit Aggressionen und Wut zu hadern hätte. Und dazu kam letztens auch der Vorwurf, ich würde zu aufgebracht und kämpferisch durchs Leben ziehen und zuviel an Wut verbreiten, wo es doch angebracht und reif wäre, ruhig und besonnen die Anderen (vornehmlich Männer) mit negativen Gefühlen nicht zu belästigen, wobei: was sind eigentlich negative Gefühle? Unbeantwortete Frage.

Ergo: immer noch nicht genug „gewolft" was in der gewaltfreien Kommunikation nach Rosenberg nicht zum interaktiven Erfolg mit Anderen beiträgt. Daher: der Kunstgriff zur Giraffensprache – die bessere und aggressionsfreie – erprobt und dann eben in der Wolfsstunde erwacht. Im Dunklen gesessen, die Nebelschwaden vor meinem Dezemberfenster verfolgt, leise aber bestimmt an einer frühen Zigarette gezogen und das Leben sinniert. Keinen Sinn gefunden und deshalb im schwedischen Krimi gelesen.

Und auch dort tauchten sie auf, die Menschen, die sich in der Gesellschaft nicht zuhause fühlen und sich an den Bestbildern der Sozietät messen und eben deshalb das Eigene versäumen. Ja, Herrgott, gibt es denn wirklich den Ausweg, wenn uns selbst in Büchern die blanke Realität gespiegelt wird und man dabei doch dieses Spiegeln und ewige Blitzlichtgetue schon so über hat?

Und wie bitte soll ich es nun deuten, dass ich an allen Fenstern nur die Wölfe sehe und den Giraffen der stille Schlaf der Gerechten zuteil wird? Wohin ist denn bitte deren Wut verflogen?

Britt

Liebe Britt,
wohin deren Wut fliegt, wissen die nur selbst. Vielleicht meinen sie es auch nur besser mit sich. Lassen auch mal was gut sein.

Jedenfalls: die Summe Deines Aufgebrachtseins bleibt anscheinend übers Jahr verteilt konstant. Aber Du machst Dir zumindest die Mühe *selbst!* zu reflektieren, und kannst damit immerhin mit erheblichen Einsparungskosten für Selbsterfahrungsseminare rechnen! So kannst Du Dein Geld in „schlaflose-Nacht-Nachsorge-Kosmetik" investieren!

Ist doch auch was, oder?
Maj

PS: In meinen schlaflosen Nächten, vornehmlich jenen von Sonntag auf Montag gehe ich „Nachtmeerpflücken":

im Vertrauen, dass sich die Weltmeere irgendwo verbinden, setze ich mein Fernweh auf eine Welle der Ägäis.

Ja, vielleicht ist das auch schon was, liebe Maj,
aber lieber noch fände ich Antworten auf meine Fragen,
die sich in Wutform offensichtlichen Ausdruck verschaffen!
B.

Meine Britt,

nimm deine Wut, so wie einst Deine Ängste auch, **als Dialogpartner an** *und frag sie, was sie Dir eigentlich sagen will. Hör ihr zu!*

Versuch frei zu werden, von den Dingen die sich nicht halten können! Es gehört zu den Gesetzen dieses Daseins, dass alle Kraft sich erschöpft. Auch die Flucht in Aggressionen und Wut. Und es kommt der Moment, da wir gezwungen sind, uns zu stellen. Also? Worauf möchtest Du warten?

Maj

Gut ich ziehe los,
und vielleicht stimmt ja auch,
was Du mir mal sagtest:
den großen Chancen gehen die großen Prüfungen voraus...

Britt

PS: Deine Schlaflosigkeit nährt das Fernweh?

Liebe Britt,
schön.
Zieh los und sammle Erfahrungen –
vielleicht sind ja auch ein paar Offenbarungen dabei!

Auch wenn wir lernen müssen, dass wir nicht für alle eine Offenbarung sind!

Blinzelt verschmitzt, Deine Maj

ad PS betreffend meine Schlaflosigkeit, lege ich Dir was bei:

SANTORINI I

Der Morgen
Malt in allen Blautönen dieser Welt
Ein tanzendes Inselbild
In dem die Tage wie Honig fließen

SANTORINI II

Ich lebe das Leben
Das ich lebe
Und nicht eines, das es sein könnte

SANTORINI III

Auf deiner Mobilbox
Hängt meine Sehnsucht nach dir in Warteschleife

Geburtstag

Liebe Geburtstagsbritt,
warum lässt Du nichts von Dir verlauten? Bist Du außer Lan-
des? Womöglich doch wieder nach Holland geflogen?

M.

Ach Maj,

habe meinen Geburtstag schifahrend mit der ganzen Firma
verbracht, und weißt Du, zuerst hat es mich geschwächt,
dann haben mich die Erkenntnisse daraus kurzfristig gestärkt und jetzt liege ich mit Lungenentzündung. Und ge-
feiert habe ich nur äußerlich besehen, aber

solange es überstehbar bleibt,
als frisch gekürte Teamleiterin

eines Teams das noch keines ist, oder niemals eines werden kann an einem viertägigen Firmenschiausflug teilzu-
nehmen, der in eine GruppendynamiKübung mit partiel-
ler Aussprachemöglichkeit ausartet, ich drei Nächte nicht
schlafe in einem Doppelbett mit meiner Mitarbeiterin der
ich aus Rücksicht auf ihre soziale Unverträglichkeit mein
Zimmer anbot und dabei auf mein Rückzugsrecht verzich-
tete – was sie mir durch penetrant aggressives Schweigen
dankte – ich sie dennoch nicht am ersten Morgen, der
noch dazu mein Geburtstag war, rücklings überwältigte,
trage ich die Hoffnung in mir in meine neue Rolle hinein-
wachsen zu können.

Eine Rolle die ich nicht freiwillig suchte.
Aber freiwillig annahm.

Also verbuche ich die letzten Tage des Siebenunddreißigsten und die ersten des Achtunddreißigsten in der Rubrik:
Lernbeschleunigung unter selbstgewählten widrigsten Umständen.

Aber nach Holland fliegen, wäre sicher noch schlimmer
gewesen.

Danke und Gruß, Britt

*PS: Während ich recht luftlos meine Lungenentzündung im
Bett kurierte, habe ich einen Flug nach Holland gebucht. Wir
wollten doch schon immer zum Königinnentag und was soll
mir der Niederländer schon an einem solchen Tag anhaben
können?*

Liebe Britt,
jetzt bist Du wieder oben auf der Gefährdungsskala auf
mindestens acht! Aber, ich glaube daran, dass Du Dich wieder „runterschrammen" wirst! **Happy Birthday!**
Maj

Übrigens gibt es ein Geburtstagsgedicht, wie für Dich
komponiert:

vor mir
das Unvollkommene

hinter mir
die Selbstzufriedenheit

in mir
der Wunsch
das höchstmögliche Wort zu schreiben
den besten Ausdruck zu gestalten
die hellste Farbe zu mischen
ohne
sich danach zurückzulehnen und
fertig zu sein

zu mir
sagte mein Freund Max einmal
das Leben ist auch niemals fertig!
um meine Geschwindigkeitssucht zu bannen
diesen verdammten innerlichen Antrieb
alles schnurstracks und lange vor der Zeit zu beenden

Meine Maj,

die Gefährdungsstufe macht mir Angst.
Meine – oben beschriebene – Geschwindigkeitssucht auch.
Dass das Leben ohne mich auskommt, noch mehr.

Ich muss fliegen und die Gewissheit heimholen, den Holländer hinter mir zu haben. Und außerdem mangelt es an Alternativen. Oder, verdammt, übersehe ich sie?

Danke für Deine Gedanken, Britt

Selbst bestimmtheit

Maj!
Ich sehne mich nach Sonnenblau und Vogelsang...

Was seid ihr mir oft fern!
Was steht ihr für Leichtigkeit und Lebensmitte!
Ich harre weiter in Regenstaub und Frühlingssehnsucht.
Der Sehnsucht von Krafterwachen.
Derweil stolpere ich über meine Ansprüche.

Steige elegant in gestöckelten Schuhen – die dafür da sind, meine Beine zu strecken und eine gute Figur zu machen – über die wirkungsvoll drapierten Kleiderberge in der Single-wohnung. An- statt sie aufzuheben und sie der ihnen zu-stehenden Reinigung zu überführen. Das kostet Kraft. Ge-rade weil man als Singlefrau und Alleinwohnende ja dafür genügend Kraft zu haben hat. Weil ja niemand da ist, um den man sich sonst zu kümmern hätte. Nur für sich allein zuständig: singen die Kinderreichen und Familiengesegne-ten ins Ohr!

Wie gut es dir geht! Oh, so viele Zeiteinheiten pro Tag für sich selbst zu haben!

Und weil das Berufsleben nun wirklich nicht alle Energie abziehen kann. Sagt man. Und fühlt es dann auch so in sich. Chronisches „sich an der Grenze fühlen" steht mir nun wirklich nicht zu. Gute Ausbildung. Alle Chancen der Welt. Die Welt, die offen steht und so verdammt viele Möglichkeiten bietet. Nur welche nehmen? Noch dazu wo man sich so unabhängig und frei fühlen darf.

Also wäre ich an deiner Stelle: ich wäre schon längst in Neusee-land oder auf Weltreise.

Ja, und was, wenn ich zurückkommen wollte?

Kannst du mit deinem Format ja jederzeit, und wieder werden dir alle Chancen zur Verfügung stehen. Um dich muss man sich nun wirklich keine Sorgen machen!

Warum mache ich sie mir selbst unentwegt? Wahrscheinlich zu wenig Selbstvertrauen. Erinnere mich noch gut an die Zeiten von Arbeitslosigkeit und finanzieller Existenzkrise. Berater gibt's wie Sand am Meer. Haben das alle vergessen?

Jemand wie du muss ja nur so vor Selbstvertrauen strotzen!

Warum eigentlich? Bei mir gibt es gar nichts zu strotzen. Innerlich zitterlich, ich.

Du hast nun wirklich viel erreicht!

Aber das **musste** ich ja wohl auch.

Bei dieser guten Ausbildung! Bei diesen Anlagen!
Dabei habe ich auf manche Freiheit verzichtet. Manche Bindung ausgelassen weil sie vielleicht zu bindend war. Lebensverhindernd anmutete. Als könnte man je wissen was das Leben als Ganzes ist. Welch Anmaßung! Manche Reise nicht getan. Manches Abenteuer übergangen um zumindest den Minimalanforderungen eines emanzipierten Lebens zu entsprechen. Na, wenn schon keine Familie und keine Kinder, dann wenigstens abwechslungsreiches Leben, Affären und lange Nächte.

Also der Anspruch diesem Anspruch zu genügen.
Das kostet Kraft.

Und den Willen das Gefühl aufrecht zu erhalten, viel erreicht zu haben. Aber was, wenn damit wenig anzufangen ist? Wenn es schal wird und man vielleicht sogar messbare Erfolge nicht mehr schätzen kann. Oder sind die gar nicht zu schätzen? Und verschwinden schon im Succus des Unwesentlichen?

Eines Tages kommt ins Bewusstsein, dass man lange schon an der Grenze schrammt. Nicht weil Beruf und Familie so zerren. Sondern weil die Erwartung, die die Gesellschaft an Frauen ohne Familie stellt die ist, ZUMINDEST finanzkräftig auf einer oberen Karrieresprosse zu turnen und spielend das Leben zu feiern.

Leicht und chic und gelassen über die Straße zu gleiten.

Mich strengt das ungemein an.

Spricht man das aus, hieße es wohl: *wie gut, dass die keine sonstigen Verpflichtungen hat, die ist ja schon mit sich allein schlichtweg überfordert!* Heureka!!!

Ich werde mich hüten zuzugeben, wie sehr mich mein chancenreiches Leben fordert. Gerade eben weil die Chancen groß sind und die Vorstellung, am Ende keine genutzt zu haben, lähmt und ängstigt. Also tue ich so als würde ich im Bewusstsein diese – die ich wählte – richtig nutzen und als wäre sie die beste unter den besten Möglichkeiten. Solange, bis ich den Mut finde, meine flüsternde zu wählen. Dann, wenn all die Stimmen in mir meiner eigenen folgen und nicht mehr denen, die meinen es für mich zu wissen.

__Liebe Maj,__ ich fliege am 29. nach Amsterdam, kommst Du mit? Ein inniger Wunsch von Deiner Britt

Liebe Du,

nein in den Niederlanden bist Du mit Deiner Frage nach Gewissheit alleine am besten aufgehoben. Aber ich werde da sein wenn Du zurückkommst.

Und Dein Sonnenblau und Vogelsang möchte ich gerne in griechisches Blau rahmen:

Was fordert? Und überfordert?
Die Verantwortung, uns permanent richtig zu entscheiden und stets das Beste zu geben. In einer Zeit, in der das Beste längst schon das Perfekte geworden ist. Das erzeugt Druck, der nicht mehr zu kalkulieren ist, fordert Ressourcen, forciert das Bemühen um die

Gestaltung des perfekten Lebens –
was auch immer das sein mag.

Jedenfalls sind wir alle dabei: beim Versuch, Ansprüchen bestens gerecht zu werden, seien sie nun die eigenen oder die vermeintlich an uns gestellten. Beantwortung der schonungslosen Frage nach den eigenen Grenzen. Forderung nach der Akzeptanz der eigenen Ressourcen. Hinhören und hinfühlen auf das Eigene.

Sensibilisierung für das was uns wirklich zuträglich ist. Das, was wir wirklich tragen können und wollen – aus uns selbst heraus. Im Bewusstsein für die eigenen Möglichkeiten und Wünsche im Leben. Was bestimmt die ureigene Lebensqualität? Wo beginnt und wo endet die eigene Verantwortung dafür ein eigenes balanciertes Lebenskonzept zu entwickeln, frei nach Ödön von Horvath:

„eigentlich bin ich ja ganz anders, ich komme nur so selten dazu".

Aufbrechen von Tabus wie Erschöpfung und Scheitern. Mutige Anerkennung des Scheiterns als Wachstumschance. Schließlich entscheiden wir jeden Tag neu ob wir einer Symptombehandlung anstelle einer Strukturreflexion unseres Lebens den Vorzug geben wollen.

Obwohl und trotzdem auch dies nach Anspruch klingt. Aber vielleicht nach einem für den es sich lohnt, sich wirklich mit aller Kraft einzusetzen. Und dafür an andere Grenzen zu gehen: in Vorbildwirkung für selbstbestimmtes Sein.

Also, flieg hoch und flieg weit, und lass Dich im kühlen Norden wie eine Königin feiern. Selbstbestimmt.
Mit Dir, Maj

Bist Du da, Maj?

Zurück in der Stadt, schlafwandle ich um etliche Illusionen leichter dem stabilen Teil meines Daseins entgegen: meiner Erwerbstätigkeit! Während ich auf dem Weg dorthin die Trümmer meines Herzens zusammenklaube. Die Show ist vorbei – zu der Vorhang, kein Applaus, aber bitte endlich ein Abgang!

Alles verspielt – zu Ende gespielt.
Was kommt morgen, was wird sein?

Resigniert, Britt

Liebe Britt,

es ist nicht *Dein* Zuhause dort. Deshalb kannst Du auch nicht ankommen.

Jetzt ist die Zeit um Bilanz zu ziehen und sie symbolisch wegzulachen, damit Platz wird für die Sichtung Deiner Zukunft. Auch wenn die Jahre vergehen und die Zahl der Menschen die nicht mehr mit uns weitergehen wächst, leuchten sie doch weiterhin: die gelebten und geteilten Momente – ein Leben hindurch.

Kommen und Gehen ist dasselbe. Nur aus anderer Perspektive betrachtet. Wenn wir das emotional begreifen können, sind wir wahrlich frei. Also, lassen wir die Winde los und pfeifen wir mit – es wird Zeit für neue Abenteuer! Und, wer nicht aufhören kann – mit dem ist nichts anzufangen! Du kannst aufhören – wenn DU es willst!

Liebevoll, Maj

...ja, ich will,

innerlich groß sein, frei sein, mich nicht mehr zurecht-
stutzen lassen. Ich will blühen wie verrückt! Scheiße ist das
schwer, loszulassen und beide Hände wieder frei zu kriegen.

Deine Britt

PS: Was habe ich umsonst geliebt!

Meine Britt,

man kann

ins Leere

lieben –

aber man
liebt
niemals
umsonst!

Maj

BUSI NESS

Einmal Maj,
habe ich die andere Art von Consulting-Zugang versucht. Und weißt Du was passiert ist? Sie haben mich belächelt und gemeint, Manager kann ich damit nicht „moven", die hätten Besseres zu tun als in Fabeln zu „grooven". Haben sie wahrscheinlich auch. *Aber es strengt so ungemein an, immer wieder dieselben Wege zu probieren, von denen ich mittlerweile im vorhinein schon weiß, dass die Verantwortlichen sich rausreden werden.* Ich wollte was Emotionales, etwas das sie ins Nachdenken bringt – auf eine indirekte Weise. Aber: keine Chance, dort damit – oder mit mir selbst – zu landen. Ich sollte wohl weiterhin jeden Tag, Business-tauglich in alten Schläuchen wirken. Habe ich mir wohl auch selbst auferlegt. Jetzt werden sie eben unruhig. Ich weiß oft nicht mehr wie ich das hinkriegen soll.

Geht's mir noch gut dabei?
Britt

Britt, kein Mensch kriegt das hin!
Wieso verlangst Du Dir das selbst ab? Und was hast Du ihnen kredenzt, dass sie anfingen Dich zu belächeln?
M.

Maj,
mir liegt viel daran, wertevoll zu beraten. In Zeiten, die von schnellen Erneuerungen und Anpassungen charakterisiert sind, und in denen wir selbst uns laufend erneuern müssen um bestehen zu können, mutet dieser Ansatz für manche nun doch etwas anachronistisch an. Anachronistisch, weil sich die Frage stellt: wenn sich alles laufend ändert, auf welche Werte – oftmals gleichgesetzt mit Beständigkeit – ist denn noch zu setzen?

Mein Werteverständnis bedingt Reflexion und Innehalten. Wirtschafts-, Markt- und Umgebungsverhältnisse überholen sich manchmal selbst. Passiert persönliche Veränderung zu langsam oder gar nicht, kommt es zu Stagnation und Starre.

Zu viel an Veränderung kann in Chaos und Unordnung münden. Effektive Anpassung und Evolution die selbstverständlich auch selbst gewähltes „lernen wollen" beinhaltet – sind das Resultat eines Balanceakts von Wandel und Stabilität. Meine Verantwortung erkenne ich darin zu begleiten, Ressourcen und Kulturfaktoren zu stärken und dem mir geschenkten Vertrauen mit Wertschätzung, Wissen und Blickwinkelvielfalt zu begegnen. Das halte ich für zukunftsweisend.

Im Fokus steht die Befähigung der Menschen sich bei verändernden Verhältnissen, den damit verbundenen Herausforderungen möglichst optimal und ressourcenorientiert für das Unternehmen aber auch für sich selbst stellen zu können. Dazu braucht es Visionen, adaptierbare Strategien und Leitbilder.

Die Frage nach dem *wozu gibt es uns?* muss beantwortet werden können. Sie ist Handlungsanweisung für MitarbeiterInnen im Unternehmensalltag und schafft Transparenz dafür, welche Kulturparameter gelebt werden sollen. Und vor allem bietet es auch die Chance sich darüber klar zu werden ob die eigenen Wertbilder mit denen des Unternehmens übereinstimmen, ob sie ins eigene Lebenskonzept passen und inwieweit man sie mittragen kann. Diese doppelte Transparenz nutzt allen und schafft darüber hinaus neue Werte: Aufrichtigkeit und Selbstbestimmtheit. In meiner Fabel, aus einem Unternehmensalltag gegriffen, habe ich eben das versucht. Ich setze auf Deinen Kommentar:

Stellt euch vor, es gibt sie,

die Ideenreichen, die, die spüren, wann eine Idee gekommen ist und die, die fühlen können, dass nichts so mächtig ist wie eine Idee, deren Zeit gekommen ist. Sie sind die Faszination, deren Bann wir uns selten entziehen können, versprechen sie doch die große Fantasie und das Leben, das hier und nicht wie üblich anderswo passiert.

die kleinen wilden Tiere: sie sind wild und unerschrocken, drahtig und ungehobelt, lieben die geistigen Erschöpfungen und schweben immer über dem Boden. Ganz scheinen sie auf dieser Welt nicht zu Hause zu sein. Sie jagen ihren Träumen nach. Für Ideen, die nicht aus ihnen selbst kommen, muss man sie erst gewinnen. Und das ist nicht immer leicht.

die Warmgeister: sie sind es die mitmachen, die Gefallen an Ideen finden, die sich anstecken lassen können oder auch nicht. Sie leben auch noch in anderen Welten, jenseits der aktuellen und suchen sich immer die für sie gerade beste aus, sie können auch abdriften, denn in Wahrheit wissen sie noch gar nicht, was sie wirklich antreibt. Aber sie sind nun mal da und machen mit. Irgendwie.

die Luftwesen: sie sind es, die nicht greifbar sind, die wir glauben gewonnen zu haben, und schon haben wir sie wieder verloren. Schwierig eigentlich, mit ihnen zu leben, wissen wir doch nicht woran wir sind. Sie tun ihr Eigenes, mit sicheren Prinzipien, aber leider nicht nachvollziehbar, weil sie uns nicht in die Karten sehen lassen. Sie sind die am wenigsten einschätzbaren und dennoch sind sie dabei, also müssen auch sie einen Grund dafür haben.

Sie alle leben unter euch und manchmal leben sie auch ein bisschen in euch mit. Und sie sind die Helden einer denkwürdigen Episode dieser Weltengeschichte:

Eines Tages scharte ein wunderbarer König, ein besonders ideenreicher und faszinierender, eine kleine Gefolgschaft an wilden Tieren, Warmgeistern, anderen Königen und auch eine Gruppe von Luftwesen um sich, um einer wirklich großen, strahlenden und schillernden Idee ins Leben zu verhelfen. Vom König angesteckt überschritten sie die eigenen Grenzen, lernten sich wohl auch selbst neu kennen, denn niemals hätten sie derartige Energien in sich vermutet. Manchmal wurden sie müde, doch die Begeisterung des Königs ließ sie wieder neu erwachen.

Hatten sie ja ein Ziel vor Augen: es galt einer Idee zur Welt zu verhelfen und sie in glanzvollem Licht dieser Welt zu präsentieren. Dafür arbeiteten sie hart aber leidenschaftlich, auch wenn sie manchmal Dinge taten, für die sie gar nicht gekommen waren. Sie wurden mitgerissen und ehe sie sich's versahen, fanden sie sich an Stellen und Plätzen wieder, die sie gar nicht mehr so passend für sich selbst erlebten. Manchmal murmelten sie vielleicht ein bisschen in sich hinein, weinten heimlich, wenn die Erschöpfung überhand nahm, aber nicht einmal die kleinen wilden Tiere, die ja sonst eher zu den lauten zählen, muckten auf ihre sonst so eigene und klare Weise auf. Seltsam.

Was geschah?

Monate und Jahreszeiten zogen ins Land, die Idee kam langsam zur Welt und diese Welt applaudierte in begeisterter Weise, als sie – die Idee – weltliche Formen annahm und sichtbar wurde. Alle hatten ihr Allerbestes gegeben und wollten nun auch dafür gelobt und anerkannt sein. Doch dies blieb aus und verletzte die kleinen wilden Tiere, die Warmgeister und die Luftwesen auf ihre je eigentümliche Weise.

Da stand sie nun, die kleine Gefolgschaft im Frühlingsregen eines Mai, deren König ein vielumjubelter Star wurde und den sie nach wie vor liebten und verehrten. Nur sie selbst fühlten sich einsam und seltsam zurückgelassen. Und eines Tages wurde es ihnen voll Bitterkeit klar: sie wurden nicht gesehen, in ihrer Eigenart nicht erkannt und manche fühlten sich auch in ihrem Wesen und in ihren Möglichkeiten nicht bedacht. Und doch waren sie immer noch da. Ein seltsames Paradoxon?

Unser König sah, eben WEIL er der König war. Er spürte die Mutlosigkeit und sie machte ihn gleichermaßen traurig und unsicher. Aber da er ein König war, hielt er sich nicht zu lange bei seinen eigenen Gefühlen auf, sondern er handelte: er wollte ihnen allen den Boden wieder geben, den sie zum Wachsen benötigten. Jene Umgebungen zu schaffen, in denen alle weiterhin ihr Allerbestes geben möchten, aus sich selbst heraus, ganz natürlich, so als gebe es nichts anderes, weil eben nichts Besseres auf der Welt.

Er beschloss erfahren zu wollen, wie und was sie dachten. Was sie bewegte. Er wollte ihre ganze Wesensvielfalt kennen und verstehen lernen. Er war eben ein König – durch und durch – und noch heute erzählt man von einer wundersamen Wandlung, als er begann, mit royalem Interesse den Facetten IHRER Wirklichkeiten zu lauschen.

Damit wollte ich den Geschäftsführer animieren seinen Blick auf die Menschen zu richten. Weit gefehlt! Ich bin gescheitert. Den Auftrag haben wir verloren. Gott sei Dank habe ich meinen Arbeitsplatz behalten!

Ist die Business-Britt noch zu erretten?
Britt,
heute und seit langem: verunsichert.

Liebe Britt,
die Business-Britt braucht niemand zu erretten. Sie selbst ist es, die sich rettet. Genau in diesen Geschichten und mit dieser Haltung und eben deshalb brauchen sie Dich gerade „dort" so sehr! Und für Dich selbst meint es:

Manchmal muss man vielleicht auch bleiben um anzukommen:

solange wir nicht viel Platz brauchen
und dennoch einen Raum für uns einnehmen

ihn mit unserer Ausstrahlung ertasten
der sich nur wenige entziehen

ist vielleicht trotzdem schon alles gut.

Deine Maj

An näher ung

Maj,

ich höre nichts von Dir! Wo bist Du? Höre ich Deine Stimme nicht weil die Stimmen meines quasi erfolgreichen Daseins in Business und Alltag zu laut sind um Deine zu vernehmen? Oder weil Du nicht da bist und auf fernen Inseln weilst? Ja, ich gebe es zu, die letzten Monate lief ich auf Schiene, immer geradeaus einem Budgetziel hinterher. Ob es sich diesmal lohnt, weiß ich am Ende des Jahres. Innerliche Stimmungen sind ansatzlos ausgeblendet, um geben zu können was mein Consulting-Leben fordert. Es macht mich nicht reich, gibt mir aber zumindest das Gefühl für irgendetwas nutze zu sein. Meinen die anderen, die dasselbe tun, und die wissen es vielleicht. Also?

Britt

Meine Britt,

in den letzten langen Monaten fuhr ich oft nach Griechenland. Ich weinte oft und viel, dort. Weinte, weil es mir der einzig richtige Ausdruck für diese berührende Schönheit ist. Weinte, weil ich gar nicht anders konnte. Worte für diese Inseln gibt es nicht, und in ihren klingenden Namen schlummert gleichzeitig ihr Geheimnis. Das zu lüften sich ebenso lohnt wie das Lüften meiner Seele.
Mit Muse und Zeit. Griechischer Zeit.

Kein Wunder, dass Du mich nicht gehört hast!

Maj

Liebe Maj,

verdammt was treibst Du dort? Und was meinst Du mit griechischer Zeit? Und überhaupt was findest Du dort? Mich macht es nervös, wenn ich mir vorstelle, den Austausch mit dem Leben hier nicht zu haben. Zumal ich selbst immer strande, wenn ich Dir folge und diese Inseltrips versuche!...? Und Du betreibst das noch dazu ganz allein!
B.

Ja, ich war auf den Inseln, liebe Britt!

Auf den Inseln, weil diese Mikrokosmen ideale Orte sind, um mich selbst in unentdeckten Wirklichkeiten zu erleben. Für mich sind sie Territorien, in denen ich eher als anderswo ins Nachdenken und ins Erfahren nicht alltäglicher Dinge komme, weil die Zeit nicht am Alltäglichen gemessen wird. Gemäß des Diskurses der griechischen Götter Chronos und Kairos: der eine misst präzise genau unsere Zeit, der andere erkennt in der Zeit Momentreihen, in denen individuell Wesentliches geschieht.

Also steht der Kairos im Gegensatz zum messbaren Zeitabschnitt – dem Chronos – und ist ein Augenblick, der Moment. Alles hat seine Zeit, und alles Vorhaben unter der Sonne hat seine Stunde, seinen Moment. Die Griechen sagen, Kairos ist eben der Zeitpunkt für eine besondere Chance und Gelegenheit. Etwas das nicht in allgemein gültigen Maßen gemessen werden kann, sondern sich nur aus wesentlichen individuellen Momentreihen heraus ergibt. Maßstab – wenn es ihn überhaupt geben muss – ist demnach das je individuelle Leben. Das, liebe Britt, meinte ich mit griechischer Zeit.

Herzlichst, Maj

...und, was war so ein Moment für Dich, Maj?

Ich erinnere mich, als Du einmal sagtest, man könne dort, durch die Blautöne des Meeres in die Blautöne des Himmels tanzen – einfach hinübergleiten von einem Blau zum andern. Von einer Welt in die andere. Und ich stelle mir jetzt vor wie Du in „pink" mit blaublau aussiehst! Zum Verlieben!

Britt

Gut, liebe Britt,

hinein in Deinen Business Alltag ein Moment meines „Kairos-Erlebens". Und ich weiß jetzt schon, dass Du wirst wissen wollen, wofür er der richtige Augenblick war, stimmt's?

Inselleben ist geprägt von Lauschen. Reines Nichtstun. Wenig denken. Wein trinken. Und die Augen schön weinen. Rauchen. Den Sternen beim Wandern über den Nachthimmel zusehen. Menschen schauen. Neue dazugewinnen. Warmherzige Griechen. Essen. Sinne auffüllen. Stundenlang Milchtee mit Honig trinken. Mir auf den Hügeln vom Wind das Fliegen beibringen lassen.

Wenn die Ägäis spricht, scheint sie auch zu meinen: Leben passiert. Auch und gerade in dieses Blau hinein. Immer und Ungefragt. Immer eben. Schön und letztlich so einfach. Wenn man es nur immer so zulassen, kommen und gehen lassen könnte dieses Leben, tja, dann hätten wir wohl wahre Weisheit erlangt – schönes Ziel. Für mich.

Die Ägäis flüstert sanft ans Ufer. Antworten auf viele Fragen. Lichtvolle Inseln sinken vielsagend in einen purpurnen Abend. Sitze unter den Sternen meines Lebens und zu meinen Füßen das Meer – Musik in der Seele und tanzen ganz für sich.

Einer der letzten Überbringer von Kalymnos landet auf Telendos – unter mir im kleinen Hafen zahlreiche griechische Stimmen. Lebe seit Tagen auf dem Balkon. Herrlichster Platz der Welt. Trinke Wein der korkt und das macht gar nichts. Denke an Henry Miller und bin berührt wie sehr er Worte für mein Hellas findet. Denke an Nikos und fühle mich ihm nah. Hier näher als in Santorini. Der griechische Seelentröster für holländische Herzkatastrophen!

Seit ihm weiß ich, wie es sich anfühlt direkt mit dem Lebensstrom verbunden zu sein – und wie intensiv man griechische Nächte erleben kann, sodass man selbst am Plafond eines einfachen Zimmers die Sterne leuchten sieht: und das real.

Seit ihm kenne ich eine neue griechische Musik, die auf jeder Insel wirkt. Schrieb an Anis: wie du siehst auch ich ersehne das Unmögliche. Aber was macht's. Wir leben und lieben und das zählt. Heute und ewig.

Die Veränderungsenergie nimmt doch in dem Maße zu, wie die Durchhaltenergie abnimmt – ergo: können die Jahre die ein griechischer Mann in einer unglücklichen Ehe verbringt, nur absehbar sein. Und wie viele unglückliche Ehejahre verträgt ein Mann?

Damals ahnte ich noch nicht, dass ich in einer Mittwochnacht in der der Vollmond wirkungsvoll am Himmel hängen sollte, in leichtfüßigem Laub unter meinen Stiefeln durch die kalte Novemberluft schreitend, beginnen würde, diese zarte griechische Liebe in die Vergangenheit zu rücken.

Das letzte Schiff verlässt Telendos und die griechische Nacht ist einmal mehr sehr lang. Ich sehe den Sternbildern zu wie sie den Himmel entlang wandern und verliere mich in korkendem Wein, meinen Gefühlen und Gedanken die zeitlos vor sich hinwirken. Das ist Griechenland.
Unerreicht.

Deine Maj

...und Maj, was war dabei „der Kairos"?
B.

...ich habe an Dich gedacht.
M.

...das ist alles, Maj?

...Du willst mehr, Britt?

...Ja.

...

Abendlandkarte

Lichtklänge erschließen ein Herz
Im Tanz mit Meerblau
Umliegende Inseln warten
Schlafenden kleinen Tieren gleich
Spiegelbild der unentdeckten Sphären im eigenen Selbst

Verführerisch der Gedanke
Auf Ewig im Schauen zu verharren
Zeit anzuhalten
Licht zu bannen
Als Balsam für die Wunden des offenen Herzens
Die nirgendwo so blank zu Tage treten wie in den Stunden der
untergehenden Sonne

Im Dunkel des weichenden Abends sinken die Inseln in
nachtschwarzes Meer
Sie zu erleben weckt die altbekannte Sehnsucht

Aufbrechen
Um sie des eigenen Selbst wegen zu entdecken
Ist das Versprechen
Das mir die Ägäis in diesen Stunden abringt

...Maj

Weißt Du, was mich manchmal schmerzt liebe Maj?
Dass Du, die Zerbrechlichere von uns, eigentlich sowenig
Platz hat! **Britt**

Ich, liebe Britt, denke,

wir sind aus einer Seele gemacht und getrennt hat man uns
nur, damit wir einander begegnen konnten.
Maj

Maj,
hast Du überhaupt eine Ahnung wie ich mich fühle – immer
dann – wenn Postgriechenland über mich hereinbricht?

Hinauskatapultiert aus dem Kosmos der Langsamkeit. Kommt eine ruhelose Seele von dort wo Steine glänzen, Meere funkeln, Himmel blauen und Winter schmelzen, so tritt sie vorübergehend den Schritt der Verzweiflung.

Was wenn ich mich an das *hier* nicht mehr gewöhne?
Und was war das *dort?*

Wandern auf Stränden. Aber nur wenig. Eher einen Fuß vor den anderen setzen und ihnen dabei wie in Zeitlupe zusehen. Hineinfühlen ins blaue Licht und erkennen, wie lange es dauern kann um es nicht nur zu sehen, sondern auch zu spüren. Dort, wo so oft eine Schranke liegt. Und lange sich hält. Auch dann noch, wenn längst Sonnengold auf der Haut spaziert und sich Einlass verschaffen möchte in Sphären jenseits der Oberfläche. Wie ein scheuer Gast. Oft schon durch dieses Phänomen geläutert ist es immer wieder Herausforderung sich ihm zu ergeben, trotzdem auch ich nichts mehr ersehne.

Also warten.
Jeden Tag ein bisschen weiter gehen, mit dem *alles auf sich zuströmen lassen.* Lernen. Können.

Ich merke schmerzlich, wie sehr die Sächlichkeiten des Lebens aus dem ich komme, dabei behindern. Wie lange es dauert bis ein Kopf sich entleert von all dem vermeintlich Wichtigen. Tag für Tag gerate ich schneller in Rage wenn Themen aufs Tableau kommen, die Nichtigkeit verströmen.

Ich erkenne darin meine eigene Überheblichkeit. Oder nur die bemühte Suche nach der Außergewöhnlichkeit, die einen Spalt Erkenntnis zulässt, um Antworten zu finden auf die Fragen, die immer in der Überzahl bleiben.

Wenn ich die Inseln verlasse bin ich selten dieselbe, als die ich gekommen war. Je länger ich da war, umso stärker diese Wahrnehmung. Als ich dieses Jahr zurückkam, hatte ich Scheu jemanden im Stiegenhaus zu treffen, der mich fragen könnte wie es war. Weil ich nämlich keine Antwort geben kann. Wie ist es auch zu beschreiben, wenn die Kraft der Inselatmosphäre tief im Inneren wie eine Meereswoge angekommen ist und fordernd weiter wirkt. Wie an diesem letzten Abend als in allen erdenklichen Blauschattierungen das Licht dieser Insel über mich hereinbrach, mich an der wundesten Stelle erfasste, mich für lange Minuten übers Meer trug und ich dabei endlich ganz leicht wurde. Kurze Zeit in der Unendlichkeit. So muss sich ein Ankommen anfühlen. Es schmerzt, wenn dieses mittige Gefühl, im Selbst zu sein, sich nicht halten kann, und schon gar, wenn der nächste Tag in einer Charterflughafenhalle beginnt.

Kein Wunder, dass mir Angst und Bang vor dem Leben danach wird. Und ich vor Verwirrung noch am Tag meiner Ankunft, Bad, Klo und Küche, sogar den Kühlschrank putze, dessen Gemüsefach ich dabei fast ruiniert hätte, und um dies zu verhindern eine Stunde vor offenem Kühlschrank kniee und mir dabei beinahe eine Erkältung zugezogen hätte. Viermal die Waschmaschine in Betrieb nehme und mir den Kopf darüber zerbreche was ich am nächsten Arbeitstag anziehen soll, währenddessen ich eine Suppe koche die nach zwanzig Minuten Garzeit aus Klumpen besteht. Dann eben weiter Schwarztee trinken, und sollte ich nicht schlafen können, verhilft mir immer noch eine Schlaftablette in die nächtliche Ruhe. Quälend auch die Frage:

wie soll ich morgen ins Büro kommen? Kann ich überhaupt noch Rad fahren oder sollte ich das erst mal übers Wochenende wieder üben?

Lieber vorerst zu Fuß gehen. Das habe ich schließlich die letzten acht Tage auch gemacht. Gehen geübt für das Leben danach. Zumindest das Gehen. Schritte voreinander setzen als unmittelbare Umsetzung dieser Inselerfahrung. Ich weiß nicht, ob meine Griechenland-Erfahrungen erholsam sind. Vielmehr erscheinen sie mir wie ein Barometer, das ganz genau und schonungslos anzeigt wo ich gerade im eigenen Leben stehe.

Welche Themen vordergründig sind. Ungeschminkter Blick in die eigenen Abgründe. Aufzeigen, wer man gerade ist. Dabei kann durchaus Nervosität aufkommen, weil das im Spiegel des Meeres auftauchende Selbst auch wenig Schmeichelhaftes haben kann.

Diesmal sah ich meine gar nicht leise Resignation, was die Liebe betrifft. Meine gedämpfte Leichtigkeit und die Angst, mich nicht mehr öffnen zu können.

Suchende Frage nach der Frau in mir. Aufgegeben habe ich sie noch nicht. Aber erleben kann ich sie auch noch nicht.

Ich werde wohl noch viel Griechenland brauchen um bei meiner Ankunft in Wien gemeinsam mit ihr übers Meer geflogen zu sein.

Britt

Meiner Britt,

Wie oft saßen wir im Hafen von Amoudi
und sahen dem Schiff nach?

Wie oft saßen wir selbst
auf diesem Schiff
während Amoudi
und jemand
sehnsüchtig und bereit auf uns warteten?

Lebensanhänglich, Maj

Maj!
Ich fliege nach Griechenland –
wirst Du dort sein und auf mich warten?
Britt

Epilog

An einem Samstagabend im späten März, als der Winter zurückkehrte, der Wind tobte und die Strasse noch feucht vom letzten Regenguss war, stand eine Frau am offenen Fenster ihrer Wohnung und blies den Rauch ihrer Zigarette in den nasskalten Abendhimmel. Auf der Fensterbank ein Foto aus Kindheitstagen. Ein selbstbewusster und strahlender Ausdruck im Gesicht einer Fünfjährigen, die in ihrer frühlingsgrünen Latzhose mit aufgenähten Kirschen, blinzelnden Augen und einer koketten Geste ihres Kopfes in die Kamera und wahrscheinlich auch in ihr Leben blickte: es schien, als wusste sie ganz genau wer sie war.

Schichtfreiheit

Da war sie wieder, diese tanzende Musik im Kopf, so typisch für die siebziger Jahre, melodisch und etwas hektisch zugleich, gemischt mit dem Traum von sonnigen Sommern und warmen Familienidyllen.

Die erinnerte Realität der Gartenfeste, das warme Wasser im hauseigenen Pool, die Kinder der Nachbarschaft, die diese Dorfsensation gerne und willkommen mitbenutzen. Mit riesigen Marmeladebroten in orange und rot, die meine Mutter für uns strich und auf großen hölzernen Tabletts servierte, gingen herrliche Bade- und Spieltage zu Ende: nur nicht an Samstagen und Sonntagen, da blieben wir als die Familie unter uns; zumindest ohne andere Kinder. Denn abends kamen Freunde der Eltern, zu Wein, Grill und Gespräch.

Liebe ich deshalb so sehr dieses Bild vom mediterranen Zusammensein bis spät in die Nacht?

Draußen auf der Terrasse saß die interessante Erwachsenen-welt und die Stimmungen dieser Abende begleiteten mich in den Schlaf. Noch heute kann ich das sanfte Klappern der Teller und Gläser, die Stimmen und das helle Lachen hören. Einmal dazuzugehören, das war ein Ziel.

Heute gehöre ich dazu, und weiß: mein Preis war hoch und in mir schlummern die Sehnsüchte, die ich damals erfüllt hatte: sicheres Wohlfühlen in dem was gerade ist. Morgen und gröbere Zweifel schienen fern. Das sich-im-Leben-bewähren bestand lediglich darin, einfach da zu sein.

Ein Zustand der Kindheit? Oder ein Zustand, der den in sich Ruhenden vorbehalten ist? Denen, die sich mit sich sicher sind und fühlen, die ihre verdammten Schichten durchdringen, sie einsetzen und aus ihnen wieder herausschlüpfen können, ganz nach Bedarf und ohne Angst, dass sie eines Tages zu unabstreif-baren zweiten, dritten oder gar vierten Häuten werden?

Nicht minder erlebensreich waren die übrigen Jahreszeiten: vor allem der Herbst und die Streifzüge mit Pfeil, Bogen und Köcher durch die verblühenden Wälder, die Wochen-nachmittage beim Bauen der Buschwindhöhlen und dem Verzehr von heißen Kastanien.

Die Winter, schneereich und nichts außer Schifahren auf wilden naturbelassenen Abfahrten abwechselnd mit Schi-weitsprüngen auf selbst gebauten hohen Schanzen, die bis heute rekordverdächtig und spektakulär blieben. Ich mochte das Wilde, Spannende und Gefühlsreiche, das Tempo und die Bewegung. *Damals hatte ich noch keine Ahnung zu welchem Angstausmaß ich fähig sein könnte.*

Es war eine Zeit jenes Reichtums, all das zu haben was nötig ist, um sich großartig und herrlich zuhause auf dieser Welt zu fühlen. Nicht, dass ich damals derartiges gedacht hätte – nein, aber heute kann ich diese Gefühle der Kindheit beschreiben. Ich war sieben Jahre alt und wahrscheinlich ein glückliches Mädchen.

Schichtauftrag

Meine erste große Krise im Alter von drei Jahren, als ich plötzlich für ein Jahr verstummte und mich langsam nur mit stotternden Äußerungen in der Welt der Sprache wiederfand, hatte ich trotz psychiatrischer Behandlungsvorschläge – die meine Eltern wunderbarerweise ablehnten – überstanden. Wir saßen monatelang vor Tonbändern, mein Vater und ich, im Versuch, gemeinsam singend meine Sprache wieder zu finden und eben diese kleinen Erfolge auf Bänder aufzuzeichnen.

Um mich selbst wieder ins Hören zu bringen. Mir selbst die Angst vor meinen eigenen Äußerungen zu nehmen. Mir selbst meine eigene Stimme wieder vertraut zu machen. Er stellte Fragen. Ich gab ihm meine Antworten singend. Er erzählte. Ich summte dazu. Monatelang.

Die Hemmung zu sprechen und vor allem schnell vom Denken ins Sprechen zu finden, blieb mir viele Jahre erhalten. *Wurde damals die erste Schicht aufgelegt? Was hatte ich gesehen, was ich nicht mehr sagen konnte, was war es, das mir die Kraft gab, nicht mehr meine Sprache einsetzen zu wollen? Und was verlor ich um den Preis des Wiedererlangens der Sprache? War etwa die Stimme danach schon eine andere?*

Als ich zwölf Jahre alt wurde, war ich bereits unfreier und um vieles ängstlicher.

Ein Umzug.
Das setzte ich damals gleich mit einem großen Verlust und einem Aufgeben, von etwas, das ab diesem Tag für immer unersetzlich blieb. Ein zu Hause zu haben.

Wohl waren wir dieselben und doch war alles anders: denn liefen früher je nach Jahreszeiten wärmende Wellen dieses Haus an, so waren sie nun voll Gefrorenem und gefährlich, weil so abwertend, gleich einem ewigen erbarmungslosen Winter und nur das Haus selbst, das von diesen Eisweben umgeben war, stellte eine sichere Festung dar: vorerst. Wehe aber man verließ es, oder begab sich unter die Menschen dieser Umgebung.

Wie hoch kann der Preis für ein Anderssein, für ein anderes Lebenskonzept als das dörflich Übliche sein?

Keine Schutzhülle war ausreichend um nicht jedes Mal in die Fallen zu tappen, die für uns ausgelegt waren. Und wir tappten darin herum, verstrickten uns, verloren uns, waren hilflos, jeder auf seine Art. Waren einsam, wussten nicht, wie damit und wie miteinander umgehen, verloren Boden und Sicherheit und tanzten von einem Drahtseilakt zum nächsten.

Im Balancieren wurden wir gut. Im Angst haben auch.

Alltag unter Hochspannung als hinkender Versuch eines Vergleichs.

Eines Tages kehrte diese Verwirrung auch in das Haus selbst ein. Wir verloren einander. An die Stelle des Miteinanders traten ernsthafte Krankheiten. Ich selbst wurde eine miserable Schülerin, versagte häufig und in so ziemlich allem, was man als Pubertierende zu sein hat, und letztlich überließ ich den Dingen ihren Lauf.

Einsamkeit ohne sozialen Rückhalt war nur ein Resultat.

Ich wurde sechzehn Jahre alt, war unhübsch, farblos, uninteressant und burschikos und hatte jedes Monat unsägliche Regelschmerzen.

Was nie ausgedrückt wurde, war die Verzweiflung. Übermächtig das Unvermögen mich in dieser meiner Welt zu bewegen. Die ewige Suche nach Schutz und Geborgenheit. Damals hatte ich keine Sprache dafür. Vielleicht so etwas wie ein zweiter Sprach- und Stimmverlust. So blieb unterdrückte Aggression, die in Faltenröcken und mausgrauem Outfit gut kaschiert und nicht greifbar war.

Mit siebzehn begann ich erstmals gegen Anpassungen meiner Welt zu trotzen. Es folgte die rücksichtslose Revolution einer Spätpubertierenden gegen Eltern und allem Anerzogenen. Erste große katastrophal endende Lieben. Anpassungen, nämlich die an die diversen Frauenbilder der geliebten Männer waren ein klarer Auftrag. Ich versuchte mich in eben so, wie Mann Frau gerne gehabt hätte.

Regelschmerzen und Schweißausbrüche zu jeder Tages- und Nachtzeit waren die Folge. Schrammen an der Grenze zur Magersucht, weil Mann eben gerne ein ganz dünnes Fraulein wollte.

Bitte sehr: dem wurde natürlich entsprochen. Im Gegenzug erhielt ich kurzfristige Liebesbekundung, ohne echtes Interesse an der Person. *Aber vielleicht gab es ja auch gar keine Person.*

Wie klein darf sich ein Selbst eigentlich machen, um sich das alles bieten lassen zu können?

Was blieb, war die endlose Suche nach Wertschätzung. Diese versuchte ich mit aller Kraft zu erreichen, in dem ich mich höchstmöglich auf meine Gegenüber einstellte und verbog, versuchte ihnen und ihren Bedürfnissen zu entsprechen, ihnen Maximalstes an Aufmerksamkeit und Ehrerbietung zu geben um dafür eine Antwort für den Grund meiner Existenz zu erhaschen.

Es gelang mir jahrelang, dies so sehr zu kaschieren, dass der wahre Grund dafür den anderen und auch mir selbst verborgen blieb. Eines Tages war dies zur zweiten Haut geworden, und niemand ahnte, nicht mal ich selbst, dass die wilden Tiere meiner Authentizität längst schlafen gegangen waren und den unangreifbaren mäßigen Luftschweinen das Parkett überlassen hatten.

Was mich manchmal lediglich überraschte und wunderte, war die Tatsache, dass ich mich selbst ständig nach irgendetwas oder irgendwem auf der Suche befand. Und doch niemals ankam.

Als ich fünfunddreißig Jahre alt war, erkannte ich schmerzvoll und langsam die Schichten, die ich zu durchdringen hatte um vorerst einmal bei mir selbst anzukommen.

Ich erkannte, was an mir zerrte: *der vermeintliche Auftrag,
völlig autonom und unabhängig leben zu müssen, der Erfolgs-
druck derjenigen, die niemanden braucht, das vermeintliche
Entsprechen von „alles sein zu können und zu schaffen", das
angestrengte attraktiv und begehrenswert sein zu wollen in den
Augen anderer, die Fähigkeit durchzuhalten – was auch immer es sein wollte –, die unermüdliche Knochenarbeit durch-
zubeißen, das Gleichmaß auszuhalten – wo ich doch nichts
so wollte wie die Hochflüge –, das sich Abheben von anderen
auch um des Business wegen.*

So viele Jahre, Studienabschlüsse und berufliche Erfolge
später.

Ich sah es, als die Panikattacken die mich jahrelang lähm-
ten, langsam wichen und echtem Dasein Platz machten.
Ich sah es, als die Schichten mir undurchdringlich schienen, meinen eigenen gut Wgehüllten Kern zu erleben.

Und ich spürte endlich wie müde ich war.

Seitdem arbeite ich mich von Schicht zu Schicht.

Die Autorin

Marie Resch, im März 1968 geborene Steirerin.
Promovierte Psychologin und Personalmanagerin.
Lernende und Reisende aus Neugier und mit Leidenschaft.
Lebt und arbeitet seit 1989 in ihrem selbst gewählten
Lebensmittelpunkt Wien.

Layout: Alexandra Maria Kocher, Julia Korsh
Coverfotografie: Hubert Nowotny

FSC
www.fsc.org
MIX
Papier | Fördert
gute Waldnutzung
FSC® C083411

Zeitfracht Medien GmbH
Ferdinand-Jühlke-Straße 7
99095 Erfurt, Deutschland
produktsicherheit@kolibri360.de